Joyeuse Pâques
Jordan

de
Grandmaman & Grandpa

Happy Easter 2009
Jordan

Love
Grandpa + Grandmaman

# À chaque instant

# À chaque instant

alison mcghee et peter h. reynolds

Traduction de Michelle Nikly

Albin Michel

Petit garçon, quand je vois
ce qui est si précieux pour toi...

le gobelet jaune,
ton préféré,

une chansonnette
pour te réveiller,

un rayon de soleil à tes pieds,

un insecte aux ailes dorées

ta grande boîte en carton.

Petit garçon, quand je vois
ce qui est si précieux pour toi...

une flaque d'eau pour patauger,

et du sable à transporter.

le camion lancé à toute allure.

les marques de ta taille sur le mur

et...

ta grande boîte en carton.

Petit garçon, quand je vois
ce qui est si précieux pour toi...

le grand bol bleu
pour tout mélanger.

un coup de pied bien ajusté.

un vieil arbre tombé,

l'odeur du chien mouillé.

et...

ta grande boîte en carton.

Petit garçon, quand je vois
ce qui est si précieux pour toi...
des biscuits en forme d'animaux,

un pansement pour un gros bobo,

tes chaussures à lacets,

un au revoir murmuré,

et...

ta grande boîte en carton.

Petit garçon, quand je vois
ce qui est si précieux pour toi...
un voyage spatial en pyjama.

une histoire de lamas,

cette façon d'être insouciant.

l'art de prendre son temps,

et...

ta grande boîte en carton.

Petit garçon, tu m'apprends
que le plus précieux
est de vivre chaque instant...

*Pour Donald Hoffbeck McGhee,*
*Qui m'emmenait tout en haut de la colline*
*Pour faire du toboggan.*
*Avec amour et respect.*
*A. M.*

*À TK.*
*P. H. R.*

Pour l'édition originale produite
et publiée par Atheneum Books
for Young Readers
(une marque de Simon & Schuster
Children's Publishing Division
1230 Avenue of the Americas
New York, New York 10020)
et parue sous le titre *Little Boy* :
© 2008, Alison McGhee pour le texte
© 2008, Peter H. Reynolds
pour les illustrations

Pour l'édition française :
© 2008, Albin Michel Jeunesse
22 rue Huyghens – 75014 Paris
www.albin-michel.fr
ISBN 13 : 978 2 226 18 601 0
Numéro d'édition : 18 159
Dépôt légal : second semestre 2008
Imprimé et relié en Chine